A fada dos dentes

Texto de Marcelo Coelho
Ilustrações de Jarbas Domingos

A fada dos dentes

Saíra
EDITORIAL

Copyright do texto © 2024 Marcelo Coelho
Copyright das ilustrações © 2024 Jarbas Domingos

Direção e curadoria	Fábia Alvim
Gestão editorial	Felipe Augusto Neves Silva
Diagramação	Isabella Silva Teixeira
Revisão	Regina Dónti

Catalogação na publicação
Elaborada por Bibliotecária Janaina Ramos – CRB-8/9166

C672f
    Coelho, Marcelo

    A fada dos dentes / Marcelo Coelho; Jarbas Domingos (Ilustração). – São Paulo: Saíra Editorial, 2024.
    40 p. : il. ; 20cm x 24cm.

    ISBN: 978-65-81295-29-5

    1. Literatura infantil. I. Coelho, Marcelo. II. Domingos, Jarbas (Ilustração). III. Título.

                                                          CDD 028.5

Índice para catálogo sistemático:
  1.   Literatura infantil 028.5

Todos os direitos reservados à Saíra Editorial

⌾ @sairaeditorial   f /sairaeditorial
⊕ www.sairaeditorial.com.br
⌖ Rua Doutor Samuel Porto, 411
   Vila da Saúde – 04054-010 – São Paulo, SP

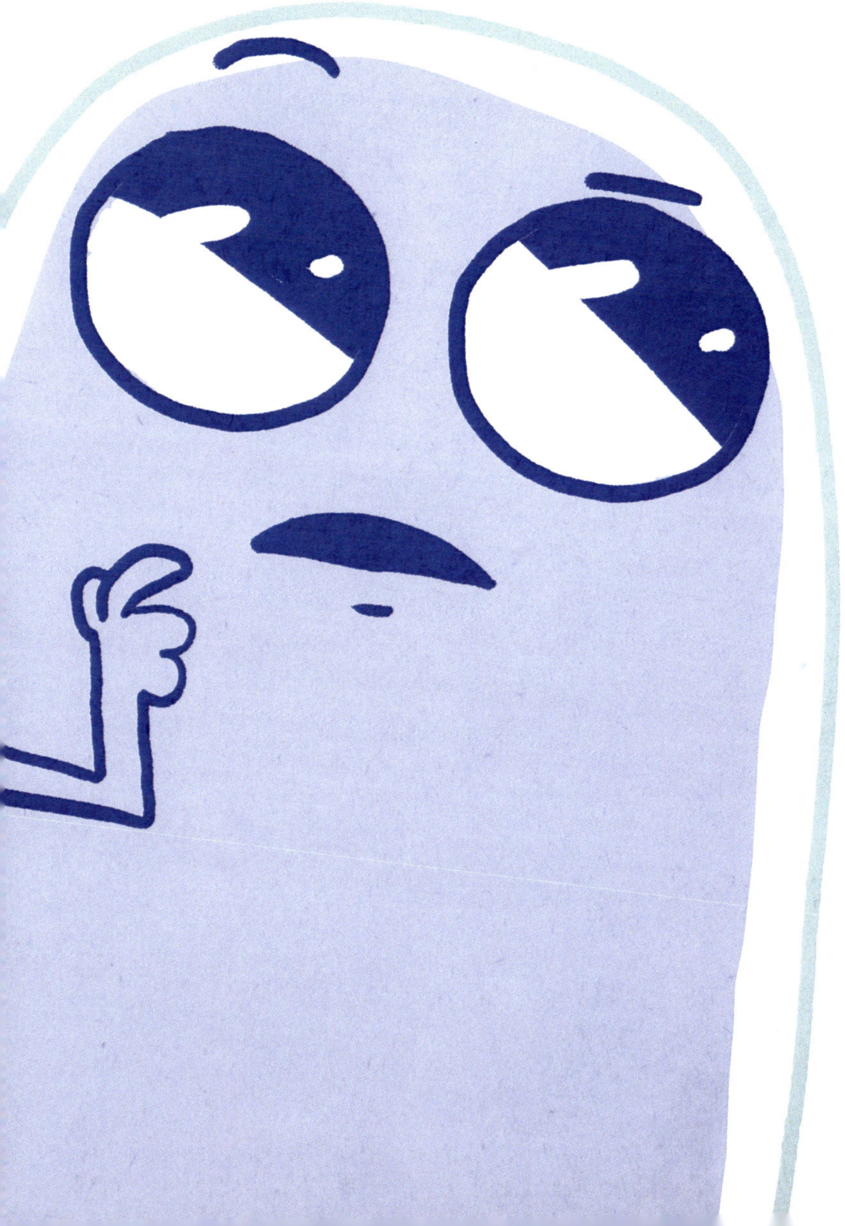

Esta é a história de um dente de leite. Ele se chamava Walter e morava dentro da boca de um menino. Também, onde mais um dente haveria de morar? O nome do menino era João Luís. Mas o João Luís não aparece muito nesta história. Quem aparece é Walter.

Ele não lembra bem como nasceu. Suas primeiras memórias são de quando o João Luís tinha um ano, por aí. Só comia umas papinhas e ainda mamava. Walter era bem pequeno nessa época. Foi dos primeiros a nascer na gengiva do João Luís. A mãe do menino de vez em quando passava cotonete com um remedinho na gengiva dele. Walter achava que estavam fazendo carinho em sua cabeça. Mas era uma vida meio chata.

Aos poucos, os outros dentes do João Luís foram nascendo e começaram a fazer companhia para Walter. Era como se fossem os irmãos menores dele. Walter ficava bem na frente. Na gengiva de baixo. O melhor amigo dele se chamava Oto. E ficava na gengiva de cima. Os outros ficavam atrás e do lado. E, como eram mais novinhos, sempre diziam coisas erradas.

— Olha, Walter, estão fazendo carinho na minha cabeça.
— Não é carinho, Pedroca. É um cotonete com remédio para a gengiva do João Luís não doer.

O tempo foi passando.

— Walter, tem um fiapo de frango atrapalhando a gente.

— A mãe do João Luís sempre esquece de escovar aí, né...

As coisas iam ficando mais divertidas.

— Oba! Hoje tem pipoca!

— É bom no começo... mas depois aquele amarelinho gruda.

— Puxa, Walter, você sempre quer saber mais do que os outros.

— Sou o maior. Sou o mais velho.

Walter gostava mais de maçã e de cenoura.
— Ah, nessas horas é que mais precisam de mim.
Ele era um dente bem valentão.
— Pé de moleque. Rapadura. He he. Deixa comigo.

Chegou o dia de o João Luís fazer a sua primeira visita ao dentista. O doutor Celso tirou radiografia, examinou, cutucou... e disse para a mãe do João Luís:

— A senhora está de parabéns. Nenhuma cárie. Anda escovando muito bem os dentes dele.

Walter ficou orgulhoso, mas não queria acreditar.

— Imagine... Se esse dentista soubesse...

O tempo foi passando. O João Luís aprendeu a escovar os dentes sozinho.
E o doutor Celso sempre dizia a mesma coisa.
— Excelente. Nenhuma cárie. Vamos só passar um pouquinho de flúor.
Mas Walter sempre ficava desconfiado.
— Esse dentista aí.... acho que não está vendo nada. Não acha, Oto?

Oto era o irmão mais próximo de Walter. Eles conversavam bastante. Mas, naquele dia, Oto não estava com muita vontade de falar.

— Que é que você tem, Oto?

— Ahn. Não sei. Me deixa em paz.

Oto ficava horas sem dizer nada. Vivia com sono. Toda hora ele queria se encostar nos irmãozinhos do lado.

— Será que o Oto está doente?

Os outros irmãos de Walter também se preocupavam.

— Acorda, Oto!

Como Walter era o mais velho, resolveu fazer uma reunião de família.

— Vamos esperar o João Luís dormir para discutir esse assunto. Quando ele estiver de boca bem aberta, roncando, a gente conversa.

Naquela noite, várias teorias e ideias foram debatidas.

— O Oto sempre foi um grande preguiçoso.
— Não acho. Vai ver que ele está deprimido.
— O que é que o doutor Celso disse da última vez?
— O mesmo de sempre, pô.
— Mas será que ele examinou o Oto direito?
— Você lembra, Oto?

Oto nem respondia.

— Será que ele está tomando alguma coisa?
— Deve estar doente, isso sim.

Oto foi ficando cada dia pior. Já não respondia mais quando falavam com ele. Só dormia, encostado nos outros. O João Luís bem que fazia carinho nele com a ponta do dedo. Os outros dentes ficaram até com ciúme.

— Esse Oto está é fazendo manha...

— Se pelo menos o carinho do João Luís adiantasse... mas parece que piora.

Um dia, de manhã, veio a novidade terrível.
— O Oto!
— Que foi que aconteceu?
— Ele sumiu!
Começaram a chamar em toda parte.
— Oto! Ooootooo...
As vozes dos dentinhos ecoavam na boca do João Luís. Mas não adiantava. Walter olhou para o alto. E, no lugar do seu irmão mais querido, havia apenas um buraco.

Os dentes do lado perguntavam assustados:
— Será que isso é uma cárie?
Walter sabia que não era.
— Cárie é um buraquinho pequeno. Que dá NO dente. Mas não fica NO LUGAR do dente. Isso é um buracão.
— Mas então o que é que aconteceu?
Walter não sabia.
— Ele andava com sono... não falava nada ... daí sumiu!
Ficou pensando mais um pouco.
— É uma doença, com certeza. Doença do sumiço.

Nos dias seguintes, não se falava de outra coisa.

— A *doença do sumiço*... será que o Oto volta algum dia?

Walter achava que não. E estava com outro medo.

— Será que isso é contagioso?

Começaram a surgir teorias assustadoras.

— Essa doença dá quando a gente come muita maçã.

— Doce, pessoal. Doce é um veneno.

— Foi o refrigerante. Derreteu o Oto.

Walter tentava separar as ideias certas das erradas.
— Refrigerante? Mas, se fosse refrigerante, todos nós iríamos derreter também. E só o Oto sumiu.
— Vai ver que ele é mais sensível...
— Vai ver que todos nós vamos sumiiiirr...
Um arrepio de pânico percorreu todos os dentes ao mesmo tempo.
— Ai... acho que estou tremendo de medo...

Resolveram ficar todos quietinhos para esperar o medo passar.

Daí veio uma voz lá do fundinho da boca. Era o Pedroca. O dente mais novo e bobinho de todos.

— Sabem de uma coisa...?

— O quê?

— Uma vez eu lembro que a mãe do João Luís contou uma coisa para ele...

Como o Pedroca ficava bem no fundo da boca, ele estava mais perto da orelha do João Luís e sabia de alguns segredos que a mãe do menino contava.
— O que é que ela contou?
— Disse que tinha uma fadinha...
— Walter respirou fundo.
—Hã, fadinha. Sei. Só criança pequena acredita em fadinha.
— Mas foi a mãe do João Luís que contou.

Pedroca já estava fazendo uma vozinha de choro.

— Vai, continua, Pedroca.

— Disse que é a Fadinha dos Dentes. Todos repetiram em voz alta.

— FADINHA DOS DENTES???

Pedroca se animou.

— É assim. O dente vai ficando mole, ficando mole...

— E aí?

— Uma noite, chega a Fadinha dos Dentes. E leva o dente embora.

— Embora? Para onde?

Pedroca não sabia direito, mas foi adiante.
— Dizem que é um lugar lindo... sem cárie... tudo é macio e branquinho... E os dentes ficam pulando, brincando de roda...
— Hum... pular deve ser legal.
Todos se cansavam de ficar sempre presos na gengiva.

— Parece até que eles podem voar.

— Voar??

— Claro, a Fadinha voa, não é? E ensina os dentinhos a voar também.

— Será que o Oto foi com ela então?

— Claro que foi!

Todos repetiram com muito entusiasmo.

— Claro que foi!

Pedroca deu um grito esganiçado.

— Viva a Fadinha dos Dentes!

— Viva!!!! — Todos responderam.

Todos, menos Walter.
— Não sei não... a mãe do João Luís inventa muita coisa.
Ele deu um longo suspiro.
— Coisa de criança...
Como ele era mais velho, ele já tinha passado da fase de ouvir historinha.
— A realidade deve ser bem diferente.

Os irmãos dele continuavam animados e conversadores. O zum-zum das conversas foi dando sono em Walter.

— Hum... que soninho bom...

Ele dormiu depressa, sem nem se lembrar direito de Oto.

— Hã... o Oto... pois é... nhum, nhum...

Na manhã seguinte, ele acordou mais tarde. Seus irmãos menores estavam na conversa mais animada.

— Sabe, a Fadinha dos Dentes...
— Parece que ela é verde.
— Verde não pode ser, tem de ser azul.
— Por quê?
— Porque azul tem mais a ver com dente. Pasta de dente é azul.
— Não é. Tem pasta de dente branca.
— Tem azul também.
— Eu acho que tinha de ser cor-de-rosa.
— Ah, não, fadinha cor-de-rosa é demais.

Walter ficava ouvindo em silêncio.

— Conversa mais chata.

Encostou-se um pouquinho no vizinho.

— Acho que vou dormir mais um pouco...

Quando acordou, já era hora do almoço do João Luís. Walter estava de mau humor.

— Xi... bife duro de novo...

No final do bife, todos os dentes estavam cansados demais para conversar.

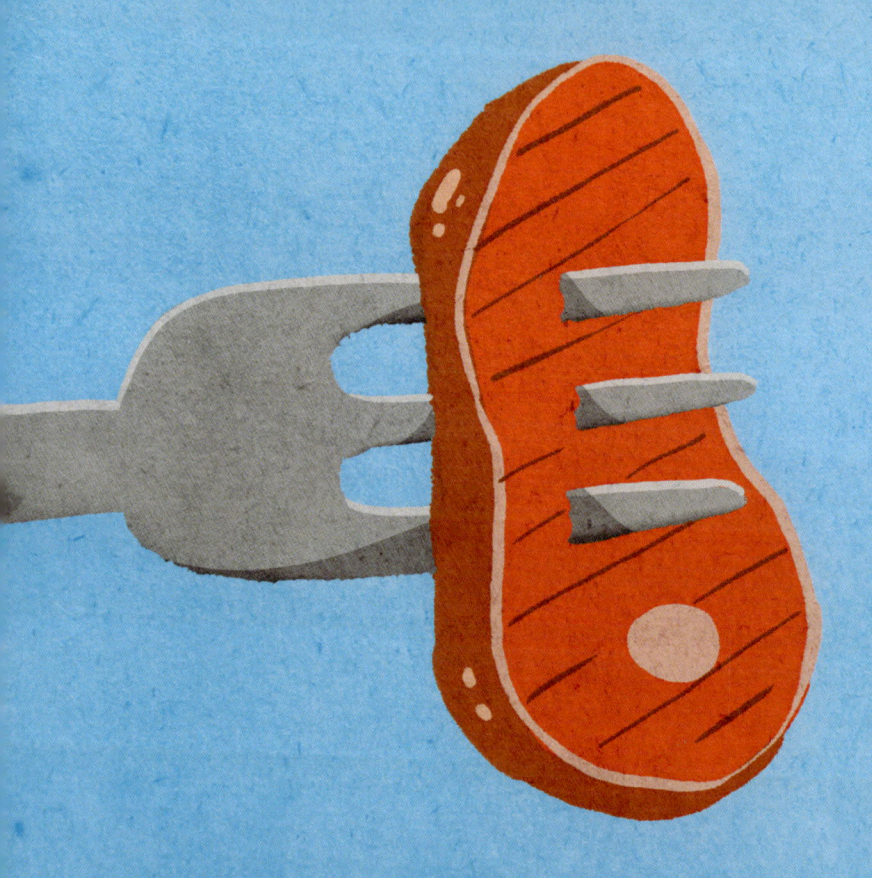

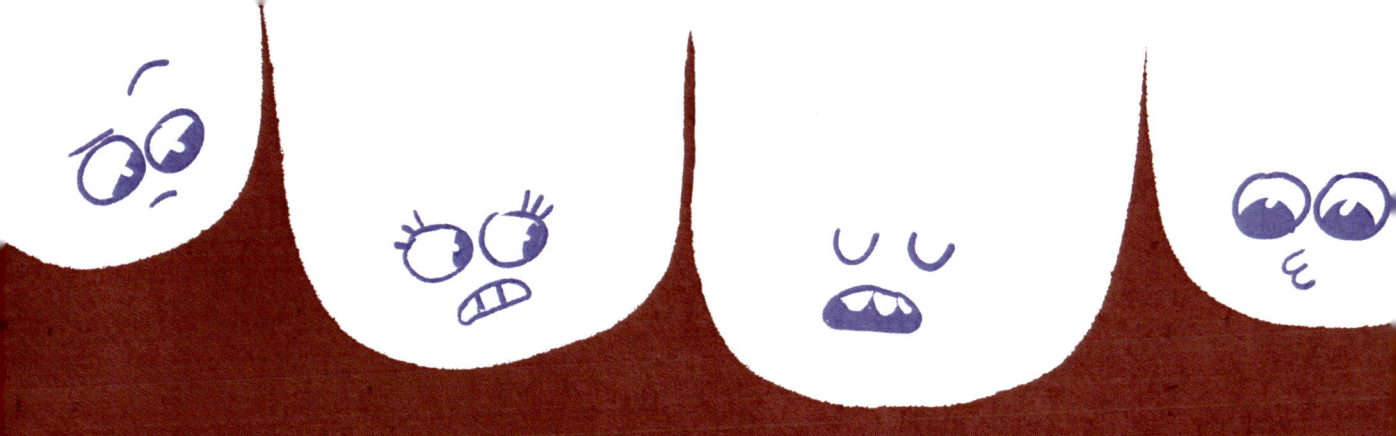

— Tomara que a sobremesa seja gelatina. Não é, Walter?
Mas Walter estava sem vontade de responder.
— Waaalter. Está ouvindo?
— Ah, deixa eu ficar em paz.
Nos dias seguintes, foi pior ainda.
Walter ficava quieto, olhando para baixo.
Os irmãos cochichavam.
— Ele deve estar com muita saudade do Oto...
— É, mas não precisa ser antipático com a gente.

Pedroca tentava puxar conversa.

— Walter, você que é mais velho, nunca ouviu falar na Fadinha?

Walter continuava quieto. Meio triste.

— Só porque ele é um pouco mais velho acha que é melhor do que nós.

— Acho que ele não acredita na Fadinha dos Dentes.

— Acredita, Walter?

Walter estava com preguiça de discutir.

— Tá bom, acredito, sim.

Mas logo a situação foi ficando clara.

Os irmãos estavam preocupados.
— Ele está doente também...
— Doente? Que nem...
— Que nem o Oto?
— É a *doença do sumiço*?
— É, Walter?
Walter já não respondia mais nada.
Estava meio caído. Desmaiado. Sem forças para dizer nada.

Às vezes, ele ficava tonto, como se estivesse rodopiando num parque de diversões. O dedo do João Luís aparecia e mexia com ele. Walter não tinha ânimo de resistir. Era como se estivesse num barquinho, no meio das ondas do mar.

— As ondas do mar, as ondas do mar...

Walter fechou os olhos. Parecia que ele tinha mergulhado bem fundo no mar.

— Fundo, bem fundo...

Naquela escuridão toda, ele via umas algas verde-
-escuras, umas cavernas mais escuras ainda, a tinta
preta de uma lula, o rabo de um peixe transparente...
Fez força para prestar atenção.
— Rabo de peixe? Parece outra coisa...
Parecia o rabo de uma sereia.
— Nossa, é uma sereia mesmo.
A sereia foi chegando perto. Era brilhante, prateada.
— Não, não é sereia... não tem rabo.

O mar, as algas, os peixes tinham desaparecido. Walter viu o branco bem grande da fronha do travesseiro do João Luís. E logo em cima, voando, uma menina muito pequena, prateada, parecida com sereia, mas que não era sereia e tinha asas bem finas nas costas.

Era a Fadinha dos Dentes.

Ela pegou Walter bem devagarinho e carregou-o voando para bem longe dali.

— Não se preocupe, Walter. Estou te levando para um lugar bem bonito. O Oto está com saudades de você.

Algumas semanas depois, o João Luís já mostrava para todo o mundo o dente bem grande que tinha nascido no lugar de Oto. No lugar de Walter, estava já aparecendo outro. Os irmãos dizem que eles são bem parecidos com o Oto e o Walter que eles conheciam lá no começo da história. E acreditam mais do que nunca na Fada dos Dentes.

Marcelo Coelho nasceu em São Paulo, em 1959. Formou-se em Ciências Sociais pela Universidade de São Paulo e escreve para o jornal *Folha de S.Paulo* desde 1984. Escreveu dois livros infantis, *Minhas férias* e *A professora de desenho e outras histórias* (Companhia das Letrinhas), além do infantojuvenil *Cine Bijou* (Cosac e Naify) e de três livros de ficção adulta, *Jantando com Melvin* (Imago), *Noturno* e *Patópolis* (Iluminuras). É também autor de *Montaigne, crítica cultural: Teoria e prática*, de *Tempo medido* (Publifolha), de *Gosto se discute* (Ática) e de *Trivial variado* (Revan).

Jarbas Domingos é ilustrador, designer e autor de quadrinhos e histórias para crianças. É pai de Daniel e de Júlia. Trabalha como cartunista desde 1998, e seus desenhos são publicados em jornais, revistas, sites educativos, livros infantis e didáticos. Teve trabalhos premiados em salões nacionais e internacionais, como o World Press Cartoon de Portugal.

Esta obra foi composta em Aleo e impressa em offset sobre papel couchê fosco 150 g/m² para a Saíra Editorial em 2024